마실 가는 길

마실 가는 길

류지남
시집

솔
시선
28

따듯한 손길이 좋다
따듯한 가슴이 좋다
눈길 따듯한 사람이 좋다

괜찮아, 괜찮아
시린 등 토닥여주는
봄 햇살 같은,

아랫목 이불 속에서
누군가를 기다리는
한 그릇 밥 같은,

그런, 따듯한 말
따듯한 발걸음으로
그대에게 가고 싶다

2019년 가을
갓골에서
류지남

| 차례 |

1부

마실 가는 길

마실 가는 길은 동지섣달 밤마실이라야 제격이다
흙처럼 사는 사람들, 지푸라기같이 여린 마음들,
실없이 둥실둥실 이웃집에 정 붙이러 가는 길이다

배고프고 착한 사람들 이럭저럭 저녁 끼니 때우고
마실 나온 별들과 둥글둥글한 얼굴들 빙 둘러앉아
하하 호호 깔깔거리며 이야기꽃 피워내는 길이다

봄바람 일렁이는 풋가시내들은 풋가시내들끼리
남정네들은 남정네들끼리, 할미들은 또 할미들끼리
희미한 등잔불 아래 화롯불 끼고 아무렇게나 앉아

별 시덥잖은 얘기에도 일부러 배꼽 잡고 나자빠지며
에구, 저런, 쯧쯧 워쩐댜, 추임새 넣어가며 놀다 보면
시름도 설움도 희미한 굴뚝 연기처럼 흩어져 가느니

쟁반 같은 달 떡하니 걸리는 정월 대보름날 다가와서
윷판 신명나게 놀거나 먹기 내기 화투장 돌리다 보면
겨울밤이란 언제나 토끼꼬리처럼 턱없이 짧기만 한데

아쉬운 발길, 휘영청 밝은 달빛 호위 받으며 돌아와
서러운 살붙이들 곁에 시린 몸 살그머니 뉘고 나면
생의 하늘엔 모락모락 샛별 다시 돋아나기도 하리니

구부러진다는 것

구부러진 것들이 있다
세상에 쓸모가 있는 것들은 어디론가
살짝 구부러져 있다 구부러진 길 안쪽에
사람의 마을이 산다 지붕과 밥그릇은 한통속이다

구부린다는 건 굴복하는 게 아니다
뭔가를 품는 것이다 숟가락의 구부러진 힘이
사람의 목숨을 품는다 뻣뻣한 젓가락으로 뭘 품으려면
대신 구부러진 손가락이 있어야 한다

구부러진 나무 뿌리가 흙을 품고 나아가는 동안
가지는 수없이 스스로를 구부려 가며 품 안에 열매를 기른다
그 안에 슬쩍 새들도 깃들어 산다

어쩌다 점심 무렵 마을회관에 나가 보면
평생, 자식이거나 곡식들 품느라 바싹 구부러져버린
녹슨 호미와 이 빠진 낫 같은 이들 오글오글 모여 있다

오늘 아침까지 구부러진 호미 한 자루로
사래 긴 콩밭 두벌 김매고 나오시는
아흔 넷, 남용 할머니 구십도 허리가 젤루 싱싱하다

누군가를 사랑한다는 것도 실은,
누군가를 향해 나를 하염없이 구부리는 일일 것이다

스마트 마을의 하루

스마트 마을 방송입니다 흠흠 안내 말씀 드리겠습니다
오늘은 우리 마을 도랑 살리기 대청소하는 날입니다
아침 여덟 시까지 마을회관으로 모두 나와주십시오
남자분들은 예초기나 낫을 하나씩 준비해주시고
부녀회원님들은 회관에서 점심 준비를 해주십시오
모두 한마음으로 마을 살리기에 동참해주시기 바랍니다

언제부턴가 스피커 대신 스마트폰으로 울리는 마을방송,
회관에 가니 남녀노노(?) 마을 사람들 우르르 모여 있다
예초기 칼날 죽창처럼 앞세우고 목수건도 하나씩 둘렀다
빨간 막장갑에 낫 부르쥔 모습들, 결기가 예사롭지 않다
마을에서 가장 젊은, 오십대 중반 이장 트럭을 선봉으로
트럭 몇 대에 나눠 탄 농군들, 적진 향해 돌격 앞으로

환갑 전후 청년들이 앞서서 윙 으다다다 풀들 제압하면
칠순 언저리 젊은이들이 분리수거 봉투 들고 뒤따르며
매복했던 비닐, 농약병, 캔 같은 적들을 즉각 체포한다
멱 감고 놀던 큰 냇물이, 이제 보니 정말 도랑처럼 좁다
마을은 나날이 비어가는데 쓰레기는 차고 넘쳐흐른다

그래도 그 속에 용케 물잠자리가 날고 뱀도 숨어 있다

참 드럽게 많기두 허네, 대체 누가 이렇게 많이 버렸댜
트럭 짐칸에 전리품 포대 쌓아놓고 이제 막 쉴 참인데,
웬 젊은 아가씨 하나 나풀나풀 흰 나비처럼 날아들자
갑자기 버드나무 그늘이 훤해진다 새내기 면서기란다
어르신들 더운데 고생 많으시다며 생긋생긋 홀리더니
얼음 담긴 비닐 컵에 아메리카노 한 잔씩 부어 올린다

호호호 어르신들 여기 저 좀 잠깐 봐주실래요 찰칵,
아유 힘드셔두 살짝 한번 웃어보시라니깐요 찰칵 찰칵,
아메리카노 커피에 취해 한결 스마트해지신 어르신들
우르르 달맞이꽃으로 피어나 손가락 하트까지 날리신다
잠시 뒤, 나비는 이장 따라 마을회관 쪽으로 날아가고,
머리 허연 청년들 불끈 일어나 다시 도랑으로 들어간다

구룡사 천수관음

우리 동네 절집 구룡사에는
한 손으로 합장 인사를 하는 이가 있다
헐렁한 빈손은 오래전 하늘에 묻었다 한다

한 손을 척 세우며 인사를 할 때면
마치 영화 속 검객처럼 멋스럽기도 한데
악수를 나누다 보면 군고구마처럼 따뜻하다

저 한 손이,
산에서 나무를 해오고 장작을 패서
겨우내 스님의 방구들을 뜨듯하게 덥힌다

절집 주위엔 구절초가 지천인데
천 송이 만 송이 꽃이 저 손끝에서 자라
파한 가을 하늘을 하얗게 떠받든다

한 손과,
겨드랑이 사이에 낀 싸리비가 안쓰러워
절 마당 쪽을 슬쩍 비껴가는 겨울눈도 있다

우리 동네 절집 구절산 구룡사에는
빈 소매 속에,
천 개의 손을 숨기고 사는 이가 있다

붉은 젖

뒤켠 언덕바지
자두나무 그늘 아래
사위어가고 있는
자두 몇 알

얼룩무늬
나비 한 마리
몇 바퀴
저공 선회하다

가장
말랑해 보이는
젖무덤 위에
사뿐 내려앉더니만

저 나그네
눈치도 없이
참 오래도
빨아먹고 있네

빠른 슬픔

너무 빨라서, 슬픈 것들이 있다

젖소 송아지는 어미 배 속에서 나온 지
채 십 분도 안 돼 걸음마를 시작한다
미끄러지고 고꾸라지며 오체투지라도 하듯
젖을 찾아 하염없이 노를 저어 나아가보지만,
이마의 양수가 다 마르기도 전에 그만
덜컥 쇠철망 안에 위리안치를 당하고 만다

그리하여 어미 젖 대신 입안으로
불쑥 파고드는 것은 플라스틱 젖병에 달린
실리콘 젖꼭지뿐,
송아지는 그걸 또 제 어미 젖으로만 알고
주둥이로 쿡쿡 헤딩까지 해가며
정신없이 빨아댄다

한 통의 젖 다 비우고도 아직 허기진 새끼들은
같은 방 동무의 배꼽이든 귀때기든 가리잖고
튀어나온 건 무엇이든 거품을 물며 빨아댄다

그런 모양이 안쓰러워 보여
손가락이라도 대신 물려주노라면
손끝으로 생의 아픔 같은 게 쭉쭉 빨려나간다

저쪽 울타리 너머에서
새끼의 모습 안쓰럽게 바라보던 어미가
음메- 하고 울면서 제 새끼를 부르면
새끼도 고만, 에미 목소리인 줄을 어찌 알고
고개 돌려 소리 나는 쪽으로 고개를 돌려
음마-, 하고 제 엄마를 한번 불러보는 것이다

논 거울

—소만小滿

모내기철이 다가오면
마을의 논들은 죄다
커다란 거울로 변한다

엊그제 써레질 마친
소 같은 한수 형님네 다랭이논도
푸른 하늘이 가득 찼다

비우며 산다는 것,
작게 채우며 산다는 것은
말처럼 쉬운 게 아니다

잠시 흙탕물 일렁이던
내 작은 마음 그릇에
푸른 모 몇 포기 심어본다

저 멀리 논 한 가운데
왜가리 한 마리, 제 발밑
거울을 오래 들여다보고 있다

모내기 다 끝나고 나면
저 모들도 거울에 얼굴 비춰가며
나날이 푸르러 가리라

떨어진다는 것

빼꼼히 문을 열고
바깥을 살피던 밤송이가
밤알들에게 가만히 속삭인다

얘들아,
이제 세상에 나갈 때가 되었구나

어미가 슬며시 제 몸을 열자
야호 야호!

철없는 것들 소리 질러대며
풀섶으로 와르르 뛰어내린다

텅 빈 속을 드러내며
구름처럼 하얗게 웃던 어미,
바람결에 흔들, 흔들리다

어느 순간, 풀썩 소리와 함께
어둠 속으로 텅 빈 몸을 던진다

실종신고 합니다

마을은
산이며 들녘이며
언덕이며 논밭이며 나무며
온통 가을빛으로 가득합니다
그런데 나는 뭘 잃어버린 것 같아
동네 여기저기 찾아 헤매고 있습니다
혹시 마루 밑에 숨어 있나 들여다보고
뒤꼍 장꽝 쪽도 몇 번 찾아가 보았지만
어디 숨었는지 도무지 찾을 수가 없습니다
혹시나 동네 나무들은 좀 알고 있을까 싶어
텃밭 옆 오래된 감나무에게 가서 물었더니
맛이나 한번 보라며 홍시나 하나 내어 주며
자기도 근래에는 도통 본 적이 없다고 합니다
그래 이번엔 외양간 옆 밤나무를 찾아갔더니
빤질빤질한 밤알 몇 개 옛수 하고 던져줄 뿐
안 그래도 자기도 궁금해죽겠다고만 합니다
거참 대체 다 어디로 사라져버린 것일까요
온 마을 뒤흔들던 저 싱그러운 아우성을
대체 누구네 어느 놀이마당을 찾아가야

단 한 마디라도 들을 수 있는 건지
제발 좀 알려주시기 바랍니다
친애하는 국민 여러분께
다시 한 번 간곡히
부탁드립니다

억새꽃

허옇게
서리꽃 핀 아침

발 시린 배추포기들
제 몸을 꼬옥 껴안고 있다

그 옆 빈 고랑에
꼬부랑 허리 끌고 가며

어기적어기적 마늘 놓는
남용 할매

으이구 저, 저
억척스런 할망구 같으니라구

저승길 먼저 떠난
남용 할배

밭둑 머리 억새꽃으로 돌아와
연신 체머리 흔들고 있다

입춘대길

소한 대한 다 지나도록
털신 한 켤레 덩그마니 놓였던
옆집 당숙모네 댓돌 위에

오늘은 하나, 두울, 세엣
반짝거리는 구두들 돌아와
모처럼 왁자지껄 소란하다

햇살 바른 외양간 앞마당에
쫑쫑쫑 아기 구두 발자국
환하게 찍혀 있다

모처럼 따수웠던 살붙이들
당숙 제삿밥 나눠 먹고
다시 후루룩 떠나고 나면

홀로 남은 털신 안창엔
달빛 슬며시 내려

따뜻한 기운 채워가면서

봄은 또 꼬물꼬물 피어나리

마을의 유래

나 태어나 이적지 살고 있는
우리 마을 입동리笠洞里란 이름을
그 뜻도 모른다면 어찌 산다고 말하리

입은 삿갓 립笠 자로서
구절산이라는 우리 마을 뒷산 모양새가
커다란 삿갓처럼 생겼기 때문이란다

동洞이란, 다 아시다시피 마을 동 자로서,
자고로 마을이란 물이 있어야 이루어지거니
같은[同] 물[水] 먹으며 산다는 뜻이며

리[里]는, 흙[土]과 밭[田]이 합쳐진 말로
흙과 더불어 농사짓는 일이야말로
마을살이의 기본이란 뜻이리라

그런데 요 며칠 마을 안길에 난리가 났다
포크레인으로 길을 파고 새 수도관 묻는데
이백 리 바깥, 대청호 물이 들어올 거란다

이백 리 안쪽 사람들이 다 같은 물 먹고
마치 한마을 사람처럼 돼버린다는 얘긴데
좋은 일인지 나쁜 일인지 영 모르겠다

참 다행한 일

나 살면서 참으로 잘한 일 하나 있다면
휘황한 도시의 불빛 질끈 내던져버리고
나를 낳고 길러준 저 하늘 저 산 저 나무
저 저녁노을의 품으로 다시 돌아온 것이네

산은 내게 가슴 펴고 사는 법을 알려주고
나무는 침묵의 미덕을 말없이 가르치는데
서산마루에 걸린 저 붉은 노을이 있기에
눈물 많은 여자 다행히 달아나지 않았네

눈 녹은 자리 딛고 다시 파랗게 일어서는
수선화 줄기 가만히 손으로 쓰다듬기도 하고
파꽃, 저 무수한 눈망울 앞에서 팔랑거리는
나비의 춤사위 따라 울렁거리며 사는 동안

잎의 시간과 꽃의 시간과 열매의 시간이
어떻게 서로를 밀고 가는지도 좀 알게 되고
무슨 수를 써서라도 끝내 저를 이루고 마는
저 질긴 풀들의 아름다운 의무를 배워가며

가을 언덕, 붉게 춤추는 감나무 어깨 위에
슬며시 내려앉는 별들의 마음 헤아리다가
산이 되고 나무가 되고 노을이 되어가느니
오로지 잘한 일, 바로 여기 사는 일이라네

시골의 맛

개구리 울음소리
베고 잠들었다가

새들 지저귀는 소리에
눈 부비며 일어난다

새벽에 일어나보면
저절로 알게 된다

새들은 모두 다
새벽에 일어나기에

얼리버드 같은 건
따로 없다는 것을,

이런 걸 아는 데
오십 년밖에 안 걸렸다

2부

노래의 힘

'엄마가 섬 그늘에 굴 따러 가-면
아기는 혼자 남아 집-을 보-다가'
억척스런 울 엄마 밭일 나가면
누나는 나를 업고 자장가 불렀네

등에 업힌 막내둥이 잠이 들면
학교에 가지 못한 서러운 누나,
'해-당-화 피고지-는 섬마을'로
철새 따라 하염없이 날아갔다네

누나 등에서 누나 노래 먹고 자라
자나 깨나 엄마 대신 누나만 찾고
누나 없인 먹지도 자지도 않아
시집갈 때 따라가라 놀림 받았네

그 아이 자라나서 소년이 되자
누나는 남자 따라 서울로 가고
누나 등 없어도 울지 않던 아이
어느 날 바닷가 국어 선생 되었네

꽃처럼 곱던 누나 칠순 맞던 날
오래도록 가난했던 누나 등 안고
해당화 노래 부르며 목이 메이다
나는야 비로소 알게 되었네

왜 늘 바닷가 학교 선생 꿈꾸었는지
한 번도 배운 적이 없는 노래인데도
어째서 노랫말 줄줄 흘러나오는지,
주책없이 눈물은 자꾸 흐르는 건지

몸뻬 바지가 있는 풍경

후처 자린 줄은 하마
꿈에도 생각지 못한 채
사뿐사뿐 꽃가마 타고 오며
마냥 가슴 설레었다던
스물한 살 꽃처녀였던 엄마

반백 년 살 섞고 살았건만
잘나신 서방님 치부책은
촘촘하기가 나이롱 모기장 같아
단돈 십 원짜리 한 장 어디
허투루 새나간 적 없었다는데

도회지 고등학생 막내아들
집에 왔다 돌아가는 해거름,
몸뻬 바지 안 몰래 주머니에서
꼬깃꼬깃한 천 원짜리 몇 장
내 손에 꼭 쥐어 주시며

그저 몸 성한 게 젤이라고

어여 가라고, 손 내저으시며
옥수수 대궁으로 서 계시던,
돌아보지 않아도 눈에 선한
그렁그렁한 둥근 얼굴이여

19금禁, 활명수活命手

아침저녁으로 소 젖 짜는 일을 하는 아내는
말랑했던 가슴께 살들은 어디론가 달아나고
팔뚝과 어깨 근육만 사내처럼 튼실해졌는데

종아리는 여전히 코스모스 줄기처럼 가냘퍼
뭘 조금만 먹어도 잘 얹히는 버릇 여전해
부채표 활명수 버릇처럼 끼고 사는 것인데

어쩌다 소파에 다정하게 앉게 되는 날에도
남편 손에 내맡겨지는 여자의 몸이라는 게,
겨우 발바닥이거나 발목 위 종아리가 다인데

그래도 이게 어디냐며 열심히 주무르는 동안
어쩌다 무릎 너머로 슬쩍 미끄러져 볼라 치면
어허 길 잃은 손, 제 갈길 가시라 쫓겨날 때

어허 이 사람아, 이 손이 바로 활명수 아닌가
손 수 자 쓰는, 활명수 말여, 하고 눙치다 보면
뜨거운 강물 속으로 풍덩 뛰어들 때도 있나니

물든다는 것

누군가에게 물이 들었다는 건
한 몸에서 다른 몸으로
물이 건너갔다는 뜻이거니

피야,
부모에게서 저절로 흐른다지만
물은, 쉬이 사람을 건너지 못하는 법

한 우물에서 나온 물
오래도록 나눠 먹으며
뿌리 맞대고 삶 부비다 보면

어느새 서로의 삶 속으로
차츰 물이 스며들어
함께 저녁노을로 붉어져가느니

더불어 밥물 맞추는 동안
목숨처럼 가까워진 사람이여
마침내, 손때 묻은 거울 같은 사람아

어둑한 길

열무김치 국물에 국수 말아 먹고
아내 더불어 나선 저녁 산책길

개구리 소리, 개 짖는 소리 사이
먼 산 어둑어둑 소쩍새 울음소리

빼버려야 하나, 다시 씌워야 하나
어둑해진 어금니 걱정하는 아내와

앞서거니 조금 뒤서거니 걷는 동안
무던해진 손길 붙였다 뗐다 해가며

서산마루 넘어가는 초승달 따라
달그락달그락 어둑해져가는 길

길을 가다가, 웬 선문답

초승달 살포시 떠오르는 초여름 저녁 무렵
고등학생 아들 더불어 집으로 가는 길인데,
자기가 어떤 길을 걸어갔으면 좋겠느냐고
어린 도반이 뜬금없이 물어오는 것이었다
고개 돌려 바라보니 어라, 표정이 사뭇 진지하다
어른 도반 흠흠 잠시 호흡을 가다듬고 난 뒤
넌 유난히 사람들하고 어울리는 걸 좋아하니
사람과 사람을 잇는 다리가 되면 어떻겠냐 한다
그러자 잠시 생각을 가다듬은 어린 도반 왈,
자기도 그런 비슷한 생각을 하고 있었다 한다
허 기특한 녀석 같으니, 속으로 손뼉 짝짝 치며
그럼 기왕이면 도랑물 건너는 쪼잔한 다리 말고
통 크게 세상을 잇는 다리가 되었으면 좋겠다 하니
벌써 큰 인물이나 된 듯 표정이 사뭇 거룩하다
그렇게 두런두런 실없는 선문답 나누는 사이에
이제 집에 닿으려면 두어 굽이쯤 남은 길인데,
앞으로 저 길 지나다닐 날 얼마큼일지 생각하매
어른 도반은, 어린 도반이 지나온 만큼 남았고
어린 도반은, 어른 도반이 살아온 만큼 남았구나

엇갈리는 세월 생각에 잠시 무릇해진 어른 도반,
어린 도반의 튼실한 어깨에 가만히 손 얹는데
어린 도반 슬며시 되물어오는 것이었다, 아버진
그동안 걸어오신 길에 대해 어찌 생각하시냐고
헉, 그 말에 잠시 가슴이 먹먹해진 어른 도반,
조그만 개울 잇는 섶다리도 못 된 삶 돌아보며
서쪽 하늘 물들인 저녁놀이나 그저 바라볼 밖에

밤꽃 필 무렵

밤꽃 흐드러지는
유월이 오면

산마다 골짜기마다
온통 흰 파도가 일렁인다며

저 파도를 타고
멀리 떠났으면 좋겠다고

실없는 소리 하다가
이내, 눈자위 붉어지는,

삼류 시인 남편보다
훨씬 더 시인 같은,

어느새 정수리에
밤꽃 가득 피어난

하얀 속울음이여

밥상 위의 대화법

옛날로 치면 과년도
한참 과년인 딸들하고
간만에 함께 밥을 먹다가

시집은 언제쯤 갈 거냐,
연애는 왜 안 하는 것이냐
조심조심 말 붙여보는데

두 딸, 이구동성으로
엄마처럼 살 자신이 없어
시집 못 갈 거 같다 한다

말없이 밥 먹던 아내
슬쩍 거들고 나서며, 뭐
혼자 사는 것도 괜찮지 한다

갑자기 유구무언이 된 사내,
별보다 많은 죄 헤아리며
꾸역꾸역 밥만 파먹고 있다

식구라는 말

막내아들 녀석 짐 보따리를 끝으로
식구들, 이제 다 뿔뿔이 달아나버렸다

굳이 함께 밥을 먹지 않아도 되는
가족이란 말도, 둥근 울타리겠지만

얼굴 맞대고 함께 밥 먹지 못한다면
이제 더 이상 식구라 부를 수 없으리

아버지 어머니, 오래전 멀리 떠나가고
어느새 새끼들마저 다 품을 벗어나니

와자지껄 소란하던 밥상 위에는
달랑 숟가락 두 개만 마주 보고 있구나

맞은편에 숟가락마저 떠나가는 날 오면
식구라는 말 또한 어둠 속에 잠기리니

양파에 대하여

양파는
매운 겨울을 품고 있다

양파의 맛이 저리 아린 건
서릿발 진 밭에서 많은 밤 지샌 까닭이다

양파를 썰다가
찔끔, 눈물이 돋기도 하는 건

저 하얀 속살 켜켜이
시린 눈물 가득 스며 있기 때문이다

수십 년 함께 살아도
그 속을 알 수 없는 매운 양파가

시든 눈물과 함께
소파 끝에서 자울자울 졸고 있다

숟가락질

깜깜한 삶의 문턱
수도 없이 들락거리는
가장 무섭고
가장 아름다운 반복

사람의 형상을 닮은,
둥근 것과 직선의 결합,
나눌수록 커지는
지상의 가장 작은 밥그릇

눈먼 우리 친할머니
허공을 젓던 밥숟갈 위에
한 번도 반찬 올려주지 않던
할아버지가 눈에 들어오면서

작은할머니네 이어진
쉰 발짝 오솔길에 눈 쌓이면
할아버지 발 젖지 마시라고
눈 똑똑 퍼내곤 하던

커다란 눈 숟가락
잿간에 휙 내던지고 말았던

메주를 위한 시詩

나에게 시 쓰기란
여기저리 벌레 먹은,
생의 콩알 같은 것들
물에 퉁퉁 불려낸 다음
가마솥에 푹 삶아가지고
마당가 돌절구 통에 넣고
도굿대로 쿡쿡 찧는 일
시도 아니고 그렇다고
시가 아닌 것도 아닌,
메주 같은 말 덩어리
두덕두덕 빚어보는 일
그 메주 덩어리들 하나씩
지푸라기로 잘 동여맨 다음
처마 밑 시렁에 매달아놓고
곰팡이 필 날 지둘려가며
가을바람에 함께 흔들리는 것,
그것도 제법 풍경이라고
길 가던 이들 멈춰 서서
괜찮네, 손가락 세우면

그려 이만하면 됐지 뭐,
혼자 씨익 웃어보는 것

3부

무게중심에 관하여
—마곡사 백련암 솔바람길

스물두 살 백범, 왜놈 두엇 뚝딱 해치우고
바람으로 떠돌다 머리 깎고 숨어 살았던
마곡사 백련암 아래 구불구불 솔바람 길엔
은적암 추녀 끝 풍경소리 왼종일 들어가며
흰 구름 벗 삼아 한 이백 년 참선 수행하는
소나무 노스님들 한가로이 바람 쐬고 계신데
한 굽이 휘돌아 용트림한 소나무들 모습이
어째서 반듯하게 솟아오른 나무들보다 더
멋져 보이는 건지 동행한 물리 선생에 묻자,
잠시 생각에 잠겼던 황 선생, 한마디 툭 던진다
저 나무들은 어쩌면 무게중심을 제 몸이 아니라,
휘어진 줄기 안쪽, 허공에 두고 있을 것이라고,
삶의 중심을 내 안에만 가두어 두는 게 아니라
밖도 살피며 살아야 멋있어지는 법 아니겠냐는
제법 그럴듯한 설명에 고개 끄덕거리다가
그러면 내 삶의 중심은 어디에 두고 살았는지,
내 뒷모습에도 아름다운 구석이 있기는 한지
소나무 노스님들 눈치 봐가며 보며 내려오는데
헛 그놈, 이제야 세상 이치를 좀 알겠느냐며

껄껄 웃고 계신 소나무 노스님들 환한 눈매가
절뚝거리는 내 발걸음을 따라오고 있었다

아내의 양말 속으로 걸어 들어간 사내

쉰예닐곱쯤 되었을까, 굵은
뿔테 안경 너머, 갓 새끼를
뗀 어미 소 같은 검은 눈동자가
비닐봉지에 들어 있는 양말을
눈썹까지 들어 보이며 떠듬떠듬
아, 내, 가, 누, 워, 있, 습, 니, 다,
고 말하다가 그렁그렁해진 눈을
교무실 창 쪽으로 돌린다 양말 팔러
온 사람이, 양말 선전 대신
병마와 싸우는 아내와, 자신의
퇴직금으로도 다 깁지 못한
삶의 구멍에 대해 얘기하는 동안
그는 몇 번이나 이마의 땀을
훔쳐냈다 만 원짜리 양말 두
봉지를 남기고 그가 떠나자
장사치들이라 원래 저렇게 말
하는 법이라고 순진해터진 내가
또 홀딱 넘어가버린 거라며 쯧쯧
혀까지 차가며 걱정하는 강 선생에게

나는 그저 사내가 지어 보이던 눈을
가만히 되돌려 줄밖에, 늘 반듯하고
똑부러진 강 선생의 어깨너머로
플라타너스 그림자 길게 누운
운동장 가로질러 구멍 난 양말
속으로 걸어가는 사내가 보였다

가끔 눈에 넣어야 아프지 않을 벗에게

　호박무침에 가지나물에 고추장 듬뿍 찍은 풋고추에, 풍성한 저녁상 막 물리고 개구리 울음소리 벗 삼아 어둑해진 마을 길 걷는 참이라네 어둠의 품에 안겨 고즈넉해진 산그늘 아래로 타박타박 발걸음 옮기노라니, 억만금 주고도 살 수 없는 이런 풍경 속에서 물들어가는 맛이 어떤지 자랑하고 싶어 안달이 날 지경이라네 새초롬하게 눈썹 그리고 나온 초승달과 산들바람에 오요요 강아지풀들 더불어 걷는 길은 왠지 시심이 저절로 이는 법이건만, 자네 덥수룩한 얼굴이 불쑥 떠오르는 건 또 무슨 조화속이람

　자네가 '눈에 넣어도 아프지 않을 것들의 목록'이라는 시로 사람들 눈물샘 쿡쿡 찔러댄 덕으로, 삼천포 바닷가 눈물 많은 시인 이름의 문학상 받으러 갈 때 촐랑촐랑 뒤따라갔던 그 밤이 생각이 난 게지 막걸리 잔에 얼큰해진 기운에 힘입어 어깨동무하고 함께 눈에 넣었던 그 새벽 바닷가 부옇게 밝아오던 하늘 말일세 그때 난 참 바보같이 자네 시 속에 들어 있던 발맘의 뜻에 대해 물었고, 자넨 '아니 국어 선생이 그 말을 모른단 말이야' 짐짓 놀라는 표정으로 내 헛헛한 속을 가만히 들여다보던 자네 눈매가 떠오르는구면

생각나시는가 홍성 시장 뒷골목 할매집이었는지 순자네
였는지 자정 넘어 새로 들어간 술집 말일세 그날도 여지없
이 개그맨 뺨치는 말솜씨로 백일홍 같은 말꽃 흐드러지게
피워올리는 바람에 다른 술꾼들까지 배꼽잡이를 시키던 자
네가, 어느 한순간 느닷없이 천 길 우물 속에서 퍼 올린 피
울음 꺽꺽 토해내던 날 말일세 가만 생각해보니 '등에 혹처
럼 솟은 바윗덩어리 말없이 들쳐 메고 발맘발맘 생의 사막
을 건너는 동안, 가시나무 뿔에 제 혀와 입천장과 목구멍을
찔러 자신에게 피를 바치는 낙타'가 실은, 바로 자네 자신이
었던 게지

사람이 잘난 체해봐야 저 나뭇잎 하나 풀꽃 한 송이 빚어
낼 수 없다는, 뭐 그런 실없는 생각을 하면서 이제 어둑 길
되짚어 집으로 돌아오는 길이네만, 문득 밤새 비워도 이내
다시 채워지는 술잔 같은 벗이 있다는 게 고마운 저녁이네
괜히 제 흥에 겨워서 실없는 넋두리 한 자락 바람결에 흘날
려보는 것이려니 그냥 그러려니 하시게나, 뭐 조만간 또 해
지고 노을 물드는 바닷가에 앉아, '눈에 넣어도 아프지 않을

것들'이든, 혹은 '가끔 눈에 넣어주어야 아프지 않을 것들'
이든, 안주 삼아 밤새 마셔보더라구

　구절양장 같은 자네 가슴 속 시린 이야기들 술잔 속에 녹
여가며 잘 듣다가, 어느 순간 설운 내 얘기도 안주 삼아 풀
어놓기도 하겠지 말재주가 무딘 나로서야 아무래도 빈 귀
나 두어 자루 잘 씻어 말렸다가 휘이휘이 둘러메고 가는 게
마땅한 처사일 것이네만, 모쪼록 다시 얼굴 부비는 날까지
무탈하시고 건필하시게나, 눈에 넣고 돌아서면 금세 또 눈
에 넣고 싶어지는, 아린 벗이여

* 　이정록 시 「눈에 넣어도 아프지 않은 것들의 목록」에서 따옴.

동거의 방식

여기저기 소들 비스듬히 엎드려
평화로이 되새김질을 하고 있다

바람벽에 붙여놓았던 껌 떼어내
질겅질겅 다시 씹고 있는 것 같다

저 소들 괴롭게 하던 적들은
사라진 지 이미 너무도 오래인데

소들은 여전히 네 개의 위로,
자신의 착한 생존방식을 위로한다

멍에도 코뚜레도 다 잃어버려
한가롭게 살이나 불리는 저들에게

이제 적이라고는 등짝에 달라붙는
수많은 파리, 파리들뿐인데

파리들 귀찮게 달려들 때마다

소는 오랜 재래식 무기를 들어 올려

젊잖게 제 등짝을 한 번 툭 때릴 뿐
어디에도 낭자한 죽음 같은 게 없다

먹먹한 일

깜순이는 닭 이름이다
한 번도 알을 낳은 적 없으니
말하자면 아직 처녀 닭인 셈인데
강아지처럼 사람을 졸졸 따라다닌다
그런데 지난겨울 어느 날부턴가
알만 보면 환장하고 달려들더니
제가 낳은 것도 아니건만 가슴 털까지
뽑아가며 알들을 품는 것이었다
추위에 혹여 잘못되면 어쩌나 싶어
보는 대로 알을 꺼내 올라치면
왜 내 알 꺼내 가느냐 시위라도 하듯
뒤를 졸졸 따라다니는 것이었다
그러던 어느 날이었을 것이다
어쩐 일인지 며칠째 안 보이던 깜순이가
어디선가 머리가 까만 병아리 한 마리를
불쑥 데리고 나타난 것이었다 까만
머리가 꼭 깜순이를 빼다 박았기에
어디선가 몰래 알을 품었나 보라며
참 별스런 일이 다 있네 하는 마음에

이름을 '기적이'라고 붙여주었다
그러던 어느 날 저녁 무렵이었을 것이다
까맣던 기적이의 머리털이 그만
점점 노랗게 변해가고 있는 게 아닌가
그런 줄 아는지 모르는지 둘은 여전히
한 몸처럼 돌아다니는 걸 바라보노라니
가슴 한쪽이 자꾸 먹먹해지는 것이었다

뒤

어디에나 뒤가 있다

호박잎을 들추어보면 알게 된다
보드랍고 맨질맨질한 앞이
편안하게 햇살 받으며 잘 자라도록
뒤에는 억센 힘줄이 떠받치고 있다는 걸

아이들 앞세우고 먼 길 가는 동안
뒤가 궁금한 아이들 가끔씩 돌아볼 때면
걱정 말고 어여어여 앞장서 가라고,
손 내저으며 뒤뚱뒤뚱 뒤따라가며 웃는
둥글고 단단한 뒤가 있다

한 편의 빛나는 영화들 뒤에는
끊임없이 물속 페달을 밟아야 하는,
오리 물갈퀴 같은 고단한 발자국들이 있다
정신없이 뛰어다는, 저 스태프란 이름의
어두운 뒤가 있어, 스타는 탄생하는 것이다

뒤를 잘 보아야 건강한 것이라고,
뒤가 아름다워야 잘 사는 것이라고
세상은 언제나 뒤를 치켜세우지만
정작 뒤를 잘 돌보기란 얼마나 어려운가

늘 외롭고 쓸쓸하기 마련이 뒤도
뒤돌아서면 이내 앞이 되기도 하거니,
먼 여행길 끝내고 흙으로 돌아가는 날
뒤는 맨 처음으로 맨 앞이 되는 것이다

가랑잎 편지

어느 철부지 녀석이 흘렸을까
분홍색 편지 조각 하나
복도에 뒹굴어 다니고 있다

꼬깃꼬깃 접혀진 종이 속에
말발굽 같은 마음이
벌판을 마구 내달리고 있다

지난봄부터 문득 네가 좋아져
네 모습 볼 때마다
자꾸만 가슴이 떨렸다고,

바보같이,
말 한마디 건네지 못했지만
이번엔 꼭 용기를 보여주고 싶었다고,

처음 쓰는 거라
어색해 죽을 것 같지만
앞머리 내린 모습이 너무 예쁘다고

썼다 지우고 또 썼다 지운,
저 붉은 마음에
괜히 덩달아 가슴이 흥건히 젖는데

저렇게 질질 흘리고 다니는
녀석의 서툰 사랑이
담벼락을 잘 넘기는 했을지 걱정스런

한 수 배우다

공부에는 손톱만큼도 심 안 들이고
허구헌 날 손거울이 교과서인 다해,

오늘도 여지없이 꽃단장한 죄목으로
십구세기 학생부에 체포되어 왔겄다

한마디 점잖게 거든다는 것이, 넌
화장 안 해도 참 이쁠 거야 했더니

눈 동그랗게 뜨고 날 빤히 올려다보며
화장하면 더 예쁘죠, 하는 게 아닌가

어설픈 화장발 들킨 듯 낯 뜨거워지다
아이 얼굴 가만히 들여다보노라니

화장엔 도통 일자무식인 내 눈에도
얼마나 지극정성 기울였는지 알겠더라

그담부턴 과년한 딸들 거울에 붙어 앉아

아슬아슬 고속버스 시간 애간장 녹여도

시동 걸린 운전대에 돌부처같이 앉아서
한 세월 눈감고 기다릴 수 있게 되었다

라오스 트럭 노래방

사람도 차도 소도 평등한 신작로라서 주렁주렁 새끼들 달고 집으로 돌아가시는 어미 소 놀래키지 않고 요리조리 피하는 게 최고의 미덕인 착하고 가난한 나라에서, 아주 오래전 어디선가 본 듯한 까맣고 둥근 얼굴을 가진 소년들 우르르 뒤쪽에 매달린 트럭 타고 물놀이 하러 가는 길인데,

한 열댓 살쯤 먹었을까 트럭 뒤에 매달린 녀석들 중 하나가 느닷없이 '소양강 처녀'를 구성지게 불러제끼는 것이었다 음정 좋고 박자 좋고 웬만한 가수 뺨치는 솜씨로 손님들 마음을 들었다 놓았다 하는 바람에 이역만리 남의 나라 트럭 뒤칸은 뽕짝뽕짝 신나는 노래방이 되어가는데,

신명이 오른 어느 아저씨 배춧잎 한 장 턱 안기자 이번엔 '첫눈이 내리는 날 안동역 앞' 풍경을 애절한 목소리로 풀어놓고 있다 눈 구경일랑 한 번도 못 해봤을 저 아이, 눈처럼 녹는 안타까운 마음이 어떤 건지 하마 짐작이나 할 수 있을라나 쓸데없는 생각도 하다가,

까짓 거 그런 게 또 무슨 상관이람, 그저 저 아이 바지 주

머니 두둑해져 집으로 돌아가면, 아이고 우리 아들 장하기
두 해라 얼굴 쓰다듬으며 머지않아 자랑스러운 트럭 운전
수가 될 갸륵한 자식 생각에 흐뭇해질 여자의 환한 얼굴이
나 떠올려보며 손뼉 두드리며 노래 따라 부르다가,

   부풀어가는 친구 주머니가 부러워죽겠는 다른 녀석들의
안타까운 눈망울이 못내 안쓰러워지는 바람에, 바지 주머
니 속에서 튀어나오려고 꿈틀대던 종이 물고기 몇 마리 어
쩔 수 없이 다 풀어주고 말았던

효자손

'우리도 부처님같이' 플래카드 펄럭이는 부처님 오신 날 동네 절 마당, 얼굴도 머리도 보름달처럼 휜해 별명이 서대 사인 총각 친구 얼굴에 웬일로 먹장구름 잔뜩 끼었다 워디 몸이래두 안 좋은감 조심조심 묻는데, 잠시 뜸을 들이더니 만 아녀, 엄니 몸이 좀 안 좋으셔서 그려 하는 것이다 아니 워디가 워치기 안 좋으시길래 얼굴이 다 죽어가능겨 재차 묻자,

에이, 한 달 끊었는디 담배나 한 대 줘봐 하더니 담배 연기에 한숨 푹푹 섞어가면서 사연을 털어놓는다 한 열흘 전 엄니랑 이모님들랑이라 뫼시구 서해 바다 구경을 나갔는디 갑자기 바닷가에서 엄니가 정신 줄 놓으셨다는 것이다 마음은 급하구 일일구도 오려면 멀었구 그래 급한 마음에 그만 심폐소생술 한다고 가슴을 꾹꾹 누르다가 그만 갈비뼈가 부러지는 바람에 엄니 돌아가실 뻔했다는 것이 아닌가

아니 이런 천하에 무식한 늠이 있나 즤이 에미 잡아먹을 놈이 따로 읎네 하는 소리가 막 입 밖으로 튀어나오려는 걸

겨우 참으며 에구, 저런 증말 큰일 날 뻔했구먼 그려, 경황
중엔 누군들 안 그랬겠어 해가며 애써 위로를 하는데, 이 철
딱서니 없는 화상 덧붙이는 말이 가관이다 엄니 대신 밥 해
먹을라니께 심들어죽겠다나 어쩼다나

　이러구러 얼굴에 화색이 좀 살아난 친구 왈, 친구야, 근
디 말여 다시 깨나신 엄니 첫마디가 뭔지 알어 나 백 살까지
는 살어야는디 하마터면 큰일 날 뻔했다구 허시더라니께,
아니 엄니 그렇게 오래 살구 싶어유 했더니, 야 이눔아 내가
왜 백 살까지 살고 싶은지 알어 나 죽으믄 니놈 굶어 죽을
깨비 그런 겨 이 정신머리 없는 눔아 하시더라며, 이젠 배실
배실 웃어 보이기까지 한다

　하마터면 제 손으로 엄니 저승길 배웅할 뻔했다손 치더
라도, 환갑이 다 돼가도록 어매 치맛자락에 붙어 사는 불효
빼고는, 엄니 챙기는 일이라면 물불 안 가리고 달려드는 근
래 보기 드문 효자와 아흔 가까운 엄니의 아름다운 동행이,
부디 오래오래 이어지길 부처님 전에 빌면 엄니한테 죄 많

은 중생은 효자 친구의 두덕두덕한 손을 물끄러미 바라보
았던 것이다

좋은 생각

'좋은 생각'이
영어로 뭐라는지 아냐고
뜬금없이 물어오던 이가 있다

'굿 아이디어'란 말이 떠오르던 순간,
답은 바로 '포지티브 씽킹'이라며
씨익 웃는 표정 지어 보이더니

사진 찍을 때, 아니 찍힐 때
억지로 웃는 얼굴 만들기 위해
김치니 치즈니 하며 애쓸 필요 없다고,

그저 사진 잘 찍어주려고
폼 잡고 애쓰는 마음 생각하고 있으면
저절로 환한 얼굴이 될 거라던,

사진 찍을 때마다 생각나고
밥 먹을 때도 가끔씩 떠오르는,
너털너털 참 따듯한 사람이 있다

둥근 마을

하늘엔 날아다니는 것들이 있다
새와 구름과 겨울눈과 나비, 나비
이들에겐 별다른 시름이 없다

땅에는 고요히 머무는 것들이 있다
산과 나무와 가을볕과 고양이들
무얼 굳이 지키지 않아도 좋다

저 하늘, 저 땅에 기대고 사는 동안
서로에게 푸근한 그늘이 돼주는
둥그런 마음들이 있다

뒷동산 너머 둥근 하늘 위로
둥실둥실 둥근 달 떠오르는
착하고 순한 마을이 있다

4부

다시, 금강에게

비단강, 아니다
비단폭처럼 나풀나풀 맥없이 흘러가는
백치같이 아름다운 강,
아니다

아니다
우금티 고갯마루 오르다
으깨지고 짓밟히다 허물어져버린
흐엉흐엉 동학년
서러운 피울음이다

아니다,
차라리 화살 같은 강이다
백성들의 뼈를 발라 곳간 채우던
썩어버린 궁궐의 대들보
우지끈 박살 내는, 에잇
무식해서 아름다운 반역의 횃불이다

아니다 아니다

무지렁이 흙가슴들의 땀방울과
똥오줌 같은 것들 서로 부둥켜안고
사람이 하늘인 세상 향해
둥둥 두둥둥 달려가는
우우, 곰 같은 함성이다

아니다
쇠항아리 철조망으로 뒤덮인,
허리 잘려 신음하는 조선 반도
확악 갈아엎고 다시
힘차게 일으켜 세우는
아아, 시퍼렇게 뜨거운 쟁깃날이다

4·3을 부르는 법

제주 4·3 항쟁 칠십 돌 행사장에 찾아갔다가
나는 그만 엉뚱하게 서글퍼지고 말았다 모두들
4·3을 발음할 때마다, 누가 막 쫓아오기라도 하듯
얼른 사삼, 누가 들으면 마치 큰일이라도 날 듯
재빨리 사삼, 해가며 속삭이고들 있는 게 아닌가

폭도라는 말, 빨갱이 말, 민족 반역자라는 말,
이런 죽음의 굴레에서 이제 겨우 손톱만큼 벗어나
오늘에서야 환한 대낮에 떳떳이 올리는 제사인데,
4·3을 부르는 말은 여전히 저 중산간 마을
깊고 깜깜한 동굴 속에 꽁꽁 묶여 있는 것 같았다

기념식 무대에 올라 연설하는 이들도 하나같이
사삼, 울먹울먹 동백꽃같이 서럽고 아름다운
시를 읽는 시인도 4·3을 부를 때면 또 사삼, 이라며
산으로 도망치는 듯한 소리가 자꾸 귀를 후볐다

그러다 내게 마이크가 찾아왔을 때, 나는 질끈
소리를 내지르고야 말았다 4·3은 이제 사삼이 아니라

사아삼이라고 불러야 한다고, 가슴을 우선 활짝 펴고,
입도 좀 크게 벌린 다음, 당당하고 길고 외쳐야 한다고,

숫자 '4'의 발음법도 원래 긴 소리거니와,
칠십 년 동안 잃어버렸던 그날의 진실도 되찾아가고 있
으니
고무신 속에, 항아리 속에, 숨겨두었던 소리도 되찾아
저 용눈이오름 그날의 님들 귀에까지 훤히 들릴 수 있도록
아랫배에 힘 꽈악 주고, 사-아-아-삼이라고, 외쳐보자고,

4·3을 쥐뿔도 모르는 놈이 그저 입만 살아 주절거리는
것이다

널문리 밤마실 길

널문리에서 밤마실 가는 일이란
된장국에 밥 한 그릇 뚝딱 말아 먹고
헐렁헐렁 쇠 울타리 넘어, 도보다리 건너
실없이 둥실둥실 동무에게 놀러 가는 길

오늘 저녁엔 통일이네 사랑방에 놀러 가고
내일 밤엔 평화네 집 건넌방으로 몰려가
시답잖은 얘기에도 배꼽 잡아가며 웃어주고
속상한 얘기엔 에그, 저런 함께 찔끔거리다

어느새 밤 깊어 입이라도 좀 궁금해지면
남남북녀 요리조리 짝짜꿍 편을 먹고서
밤참 내기 윷이라도 한판 신나게 놀다가
대동강 맥주에 한라산 소주로 섞어 마시리

이러구러 눈 맞은 처녀 총각들 내친 김에
송악산 언저리 만월대 노래방으로 몰려가
아리아리 쓰리쓰리 막힌 가슴 풀어놓고
어깨동무 빙글빙글 춤추다 밤은 깊어가리

심야 택시용으로 개조된 장갑차 얻어 타고
다시 남쪽 마을로 싱글벙글 되돌아오는 동안
쟁반같이 둥근 달 둥실 떠올라 따라오면
달맞이꽃 우르르 몰려나와 반겨 아니 맞으리

북쪽으로 가고 싶다

내 할아버지들의 할아버지들의 할아버지들의 고향은
황해도 신천군 문화면, 구월산 자락 어디쯤이라는데
어려서, 네 성씨가 뭐냐 어른들께서 물으실 때마다
'버들 류 자에, 본은 문화입니다' 똑똑히 대답하라고
할아버지는 수십 수백 번 손자 귀에 못을 박았었지
전주 이씨라거나 김해 혹은 경주 김씨인 친구들이야
그곳이 어딘지 쉽게 알 수도, 자랑스러울 수도 있었지만
문화가 대체 어디에 붙어 있대유 물어라도 볼라치면
황해도 구월산 근처 워디라는디 나도 잘 모르것다
돌아온 답이란 게 싱겁고 답답해서 심통이 나곤 했지
너는 왜 '유'가 아니고 굳이 발음하기도 힘든 '류'냐고
그거 두음법칙에 어긋나는 거 아니냐 따지던 국어 시간
문화 류씨는 유씨하곤 달리 버들 류 자 써서 그렇다고
대법원에서도 써도 된다고 했다고 강변을 하면서도
대체 저 '문화'라는 곳이 어떤 땅이었는지 궁금했지
그런데 알고 보니 그곳은 바로 황해도 신천군 구월산
구월산은 아사달의 한자음, 아사달은 해가 뜨는 조선
단군 임금님 나라 세우고 도읍한 아름다운 땅이었지
왜놈에게 나라 빼앗겼을 때 아홉 호랑이 떨쳐 일어나

그 이름도 서늘한 구월산유격대 무장독립투쟁의 터전
그러나 자랑스러움은 잠시뿐, 나는 금세 어두워져버렸네
살육 명령 내릴 때마다 정성껏 주기도문을 외워댔다던,
맥아더와 그 쫄개들에 의해 자행된 학살극의 무대였기에
피카소라는 이가 그렸다는 「한국에서의 학살」이 바로
삼만오천 무고한 인민을 죽인 '신천양민학살'이었기에
북으로 가는 길 다시 열리면 나 그곳에 먼저 달려가리
남의 땅으로 돌아가기 싫어 아껴둔 땅 백두산 가기 전
신천박물관 앞뜰 '사백어머니 묘'와 '백둘어린이 묘' 앞에
공주 금강 '살구쟁이 학살' 터에서 가지고 간 흙 한 줌
먼먼 우리 할아버지들의 후손들 묻혔을 그 무덤 위에
눈물 한 줄기 섞어서 고맙고 슬프게 큰절 올려야 하리

판문점, 민들레 노래방에 놀러 가다

철조망 쇠 가시 틈새로 민들레 꽃 몇 송이 피어나던 날
나는 엉뚱하게도 눈 씻고 봐도 세상 그 어디에도 없는,
'남한'이라는 나라 이름의 처음 피어나는 소리, 'ㄴ'과
'북조선'이라는 아주 가깝고 먼 나라의 첫소리, 'ㅂ'이라는
참, 가깝고도 먼 소리 사이에 무슨 말 옹크려 있나 생각다가

'돌아오지 않는 다리'나 왼종일 멍한 눈으로 바라보고 있는
바보 같은 '도라산 전망대'의 'ㄷ' 생각에 가슴 답답해지
다가
   애오라지 북으로 달려갈 준비만 하다 무릎관절 다 녹아
내린
   '달리고 싶은 철마'의 퀭한 눈 같은 'ㄷ'에 그만 서글퍼지
다가

   그러다 문득 '두만강 푸른 물에 노 젓는 뱃사공'을 노래
하는
   '라구요'의 출렁이는 푸른 'ㄹ'을 발견하고는 잠시 흐뭇
해지다가
   '아 멀다고 하믄 안 되갔구나 야' 하며 멋쩍게 머리 쏠어

올리던

   'ㅂ' 나라 지도자의 'ㅁ' 닮은 얼굴 모양에 슬며시 웃어도
보다가

   에라 모르겠다 걸음아 날 살려라 백성이고 나발이고 다
버리고

   'ㅂ' 나라 끝 의주 땅으로 도망갔던 쪼다 임금 '선조'마저
살리려

   너두나두 널빤지 하나씩 들고 나왔다던 착한 널문리 마
을 백성들

   모처럼 신나 남북 지도자 함께 건널 '도보 다리' 뚝딱뚝딱
만들고

   기왕 내친 김에 남은 판자 모아 '통일 노래방' 하나 지었
다는데,

   노래방 주인은 'ㅁ' 자 성을 가진 이마가 훤한 할아버지라
하고

   반주는 'ㅂ' 마을의 전설, 'ㅁㄹㅂ 악단'이 전속으로 맡는
다는데,

대동강 맥주에 한라산 소주 섞은 '통일 소맥'이 너무 맛있어

　　'ㄴ' 나라에서 'ㅂ' 나라 가는 길목 필수 코스가 되었다고 하는데,

　　그 노래방에서는 낮밤 없이 '대동 단결!' '조국은 하나다!' 같은

　　참 싱그러운 건배사가 시도 때도 없이 울려 퍼져 나오기도 하고

　　함께 노는 동안 슬며시 눈 맞아버린 남남북녀, 북남남녀 청춘들

　　손잡고 도보다리 숲속으로 슬쩍 사라지기도 한다는 소문도 있는

사이에 대하여

사이가 좋다는 말이
어떤 날에는 꼭
사이가 좁다는 말처럼 들릴 때가 있다

사람과 사람, 나무와 나무
이런 사이에 만일 빈틈 하나 없다면
거기에 과연 무엇이 깃들 수 있겠는가

부모 형제,
부부 같은 목숨 가까운 사이도
때론, 적당한 틈바구니가 있어야 좋다

그래야 세상 일에도 참견도 좀 하고
마음 헛헛한 벗들과 술잔 나누어가며
꺼이꺼이 가끔씩 울어도 보지 않겠는가

청초 홍초 불꽃 가득 일렁이는 식탁에
서른 해 혼인기념 케익 차려놓고 마주앉은
다 쓴 화장품 그릇처럼 텅 비어버린 여자여

오늘도 쓸데없는 일로 떠돌다 온 사내는
그저 혼자 속으로만 살짝,
미안하다는 말 대신 중얼거려보는 것이다

종이컵 혁명

달달한 믹스 커피나 콜라 혹은,
시금털털한 막걸리나 담고 흔들리다
가뭇없이 구겨져 사라져버리곤 하던

어느 날 문득 사람들 더불어
광화문 광장 한복판으로 뚜벅뚜벅 걸어가
발바닥에 질끈 성호를 새긴 다음

백만 송이 촛불들의 뜨거운 눈물과 함성
몸 안에 고스란히 받아 안는 동안
넘실넘실 하얀 목련꽃으로 피어오르던
가벼워서 빛나던 십 원짜리 목숨이여

너를 감싸 안고 파도처럼 일렁이던 노래들
이제 다 산 너머 집으로 돌아가고
처음으로 뻐근하게 솟아오르던 네 가슴에
비록 혁명의 이름자 하나 달진 못했으나

다시금 착한 사람들 목숨에 가까워질

미천하고 크낙한 불 그릇이여,
낮게 빛나던 순하디 순한 혁명이여

늙은, 이라는 말에 대하여

이제 막 노랗게 완성된 저 생을 향하여
늙은 호박이라고 일컫는
억울한 비유는 수정되어야 한다

푸른 수박 속 붉은 울음이
하나의 아름다운 완성이듯
익은 호박이라 부르면 안 되겠는가

오이 또한 그럴 것이다
고추에게는 잘 익었다 말하면서
늙은 오이라고 하면 좋겠는가

어제도 오늘도
논으로 밭으로 하염없이 나아가는 동안
마침내 둥글게 굽은 생들에게도

어르신,
참 잘 익으셨군요
이렇게 말하면 좀 아름다울 것인가

등나무

춘삼월 어느 달 밝은 밤이었을 것이다
탁, 타닥, 타다닥, 탁, 투둑, 어디선가 꼭
도리깨로 콩 타작하는 소리가 들려왔다

웬일인가 가만가만 소리를 찾아가 보니
등나무 덩굴 아래 매달렸던 씨주머니들이
앞다퉈가며 바닥으로 뛰어내리고 있었다

빳빳하게 다린 넥타이처럼 생긴 씨앗들이
몇 바퀴 비틀며 허공 중 나는 체조 선수처럼
등을 비틀며 뛰어내리기 시합을 하고 있었다

발아래가 시멘트 바닥인 줄 어찌 알았는지
한 뼘이라도 더 흙 있는 쪽에 닿아보려고,
제 등짝 후려치며 안간힘 쓰는 걸 바라보다

왜 제 몸에 씨앗을 품은 것들은 저렇게 다
등이나 배를 터뜨리며 안간힘을 쓰는 것인지,
등은 왜 슬픈 것인지 생각해보는 것이었다

구월 한낮

아직도 못 다한 사랑이 남았던 것일까
감나무 가지에 붙어 앉은 매미와,
자두나무 몸통 꼭 껴안고 있는 매미가
누가 더 센지 겨루기를 하고 있다

한 녀석이 보란 듯 크게 울고 나면
이번엔 다른 녀석이 악을 쓰며 울어댄다
엉겁결에 심판이 된 내 귀가 얼얼하다

제 몸에 붙은 매미를 응원하려고 그러는지
자두나무가 먼저 움찔 놀라는 체를 하자
감나무는 제 몸에서 우는 매미 소리 때문에
간지러워죽겠다는 듯이 몸을 비틀어댄다

승부는 쉽지 않고 막 연장전에 돌입할 무렵
자두나무 옆에 서 있던 작은 밤나무에서
매미 울음소리에 놀라서 그러기라도 한 듯
밤송이 하나 느닷없이 툭 떨어지고 만다

그러자 자두나무에 붙어 있던 매미가 그만
제풀에 놀랐는지 산 쪽으로 날아가버린다
네 울음소리가 너무 커서 그랬던 것이라고
밤나무는 짐짓 응원을 보내려 했던 것인데

그것도 모르고 저리 줄행랑을 치고 말았으니
나는야 어쩔 수 없이 승리를 선언할 수밖에
승리에 취한 감나무 매미 우렁찬 울음소리에
구월 하늘은 시퍼렇게 멍이 들어가고 있었다

무인텔

사람도, 인심도 가물어 터져
시들 배들 말라가는 시골 동네에

번들번들 휘황한 대리석 건물
두 채나 떡하니 들어서더니만

언제부턴가 길목 여기저기에
무인텔 광고 팔랑거리고 있다

명색이 이 나라 국어 선생이
하마 저 쉬운 뜻을 모르겠는가

없을 무無 사람 인人
곧, 사람이 없는 집이란 뜻이거니

그렇다면 저곳에는 과연,
사람 말고 무엇이 깃든단 말인가

기울인다는 것

술잔 너머
얼굴 마주하고 앉은
아린 벗이여

나 또한
자네와 같이
한낱 외로운 섬이거니

온몸 기울여
그대에게
나를 따르는 법 말고

대체 무슨 수가 있어
단 한 발짝이라도
그대에게 건너갈 수 있으랴

흐르고 머물며 더불어 가는 길

김정숙(문학평론가 · 충남대학교 교수)

1. 강, 흐르고

류지남 시인의 세 번째 시집 『마실 가는 길』은 이전 시집
의 '내 몸'과, 가족과 일상을 중심한 '밥꽃'으로부터 마을공
동체와 역사로 '길'을 내고 있다. 몸과 밥과 길은 류지남 시
인의 관심이 어떻게 집중되고 확장되고 있는가를 보여주는
상징들이다. 그렇다면 이번 시집에서 길은 어떤 모습으로
어디로 향해 나아가고 있을까.

첫 번째 길은 물길이다. 물, 그중에서도 강은 시집 전체에
흐르고 있다. 이것은 『마실 가는 길』을 이해하는 데 유효한
지점이다. 시편들에 강이 직접 드러나는 사례는 드물지만
시적 대상과 의미를 구성하는 데 기여하고 있다. 주지하듯
문명은 강을 중심으로 형성되고 이어져 왔다. 지금도 변함
없이 생명 있는 것들은 강에 기대어 생존하고 있다. 강은 멈
추지 않고 낮은 곳으로 흐른다. 산과 지형물과 바위들을 만

나면 자신을 고집하지 않고 에둘러 흐른다. 강물의 생명력
과 흐름의 에움길로 해서 사람들의 터전이 생겨났다. 우리
가 오랜 세월 마을을 이루며 살아올 수 있었던 데에는 우리
곁에 강이 있었기 때문이다.

구부러진 것들이 있다
세상에 쓸모가 있는 것들은 어디론가
살짝 구부러져 있다 구부러진 길 안쪽에
사람의 마을이 산다 지붕과 밥그릇은 한통속이다

구부린다는 건 굴복하는 게 아니다
뭔가를 품는 것이다 숟가락의 구부러진 힘이
사람의 목숨을 품는다 뻣뻣한 젓가락으로 뭘 품으려면
대신 구부러진 손가락이 있어야 한다

구부러진 나무 뿌리가 흙을 품고 나아가는 동안
가지는 수없이 스스로를 구부려 가며 품 안에 열매를 기
른다
그 안에 슬쩍 새들도 깃들어 산다

어쩌다 점심 무렵 마을회관에 나가 보면
평생, 자식이거나 곡식들 품느라 바싹 구부러져버린

녹슨 호미와 이 빠진 낫 같은 이들 오글오글 모여 있다

오늘 아침까지 구부러진 호미 한 자루로
사래 긴 콩밭 두벌 김매고 나오시는
아흔 넷, 남용 할머니 구십도 허리가 젤루 싱싱하다

누군가를 사랑한다는 것도 실은,
누군가를 향해 나를 하염없이 구부리는 일일 것이다
—「구부러진다는 것」 전문

　　이 시는 이번 시집의 서시라고 부를 만한 풍경과 의미를
담고 있다. 시인이 관심을 갖는 대상은 구부러진 것들로 생
겨난 형상들과 그것들이 행하는 태도에 관한 것이다. 지붕
과 밥그릇은 정주하는 삶을 표현하는 시어이다. 첫 연에서
"사람의 마을이 산다"는 표현이 신선하게 다가온다. 숟가락
의 구부러진 힘과 구부러진 손가락이 있어야 사람의 목숨과
직선의 젓가락을 품을 수 있다. 구부러진 나무뿌리가 흙을
품을 때 열매를 기르고 새도 깃들게 된다. 구부러져버린 녹
슨 호미와 이 빠진 낫도 그러하고 평생 자식 뒷바라지하느
라 남용 할머니의 허리도 구부러졌다. 이 모든 대상들은 누
군가를 향해 하염없이 구부리는 것으로 사랑을 실천하고 있
는 것이다. 대상에 대한 따듯한 시선과 물활론적 인식을 통

해 마을은 생명이 있는 공간이 된다.

여기서 바라보는 각도를 달리해 보면 또 하나의 풍경을 그릴 수 있지 않을까. 공중에서 내려다보면 구부러진 강줄기가 마을을 품고 흐르고 있을 것 같은 한 가지 가능성 말이다. '흐름'은 물결의 구부러짐을 만들며 멈추지 않고 앞으로 나아갈 수 있게 해준다. 시인의 구부러진다는 것에 대한 인식은 강과 마을의 공유성 내지 시원에 닿아 있다.

곡선의 형상화와 그에 대한 상상력은 단절되거나 끊이지 않으려는 시간성을 상징한다. 강물의 흐름은 교류와 들고남을 반복하면서 크고 작은 마을공동체를 생성하였다. 우리가 낯선 곳에 갔을 때 '물 탄다'고 말을 하듯이, '물'은 같은 지역의 사람들에게 공통의 감각과 정서로 스며든다. "한 우물에서 나온 물/오래도록 나눠 먹으며/뿌리 맞대고 삶 부비다 보면"(「물든다는 것」) "서로의 삶 속으로 차츰 물이 스며들어" 사람들 사이는 "목숨처럼 가까워"진다. 같은 언어와 이야기를 공유하게 되면서 경계가 생겨나고 그 사이를 통해 지역 스스로의 고유성을 지니게 된다. 이처럼 강의 흐름은 땅의 경계인 지역과 분리될 수 없는 역사 문화적 지점을 공유하고 있는 것이다.

2. 마을, 머물며

두 번째 길은 발길이다. 사람들이 걷는 길은 인문지리학의 출발이 된다. 류지남의 시적 공간은 처음부터 기계적으로 구축된 것이 아니라 자연의 시간과 인간의 시간이 맞물려 생성된 것들이다. 지역은 자연적 또는 사회적, 문화적 특성에 따라 일정하게 나눈 지리적 공간을 말한다. 농토는 사람들이 뿌리 내리고 머무는 정주의 공간으로, 굽이굽이 흐르는 물길을 따라 사람들이 모여들어 마을을 이루며 살게 되었다. '마을'은 사람들이 지내온 삶의 시원과 원형을 품고 있어 문화의 궤적을 살필 수 있는 점에서 주목할 장소이다. 또한 마을은 공동의 공간으로 그것만의 독특한 풍속과 언어를 갖게 된다. 풍속과 언어의 구별에 따라 하나의 지역은 다른 지역과 구분되며 경계 또한 자연스럽게 생겨나게 된다.

시 「마을의 유래」는 시인이 나고 자란 입동리의 유래를 통해 마을은 같은 물을 먹으며 흙과 더불어 농사지으며 살아가는 동리洞里임을 상기해준다.

나 태어나 이적지 살고 있는
우리 마을 입동리笠洞里란 이름을
그 뜻도 모른다면 어찌 산다고 말하리

입은 삿갓 립笠 자로서

구절산이라는 우리 마을 뒷산 모양새가
커다란 삿갓처럼 생겼기 때문이란다

동[洞]이란, 다 아시다시피 마을 동 자로서,
자고로 마을이란 물이 있어야 이루어지거니
같은[同] 물[水] 먹으며 산다는 뜻이며

리[里]는, 흙[土]과 밭[田]이 합쳐진 말로
흙과 더불어 농사짓는 일이야말로
마을살이의 기본이란 뜻이리라

그런데 요 며칠 마을 안길에 난리가 났다
포크레인으로 길을 파고 새 수도관 묻는데
이백 리 바깥, 대청호 물이 들어올 거란다

이백 리 안쪽 사람들이 다 같은 물 먹고
마치 한마을 사람처럼 돼버린다는 애긴데
좋은 일인지 나쁜 일인지 영 모르겠다
　　　　　　　　　　　　　　　　—「마을의 유래」전문

　시인은 "휘황한 도시의 불빛 질끈 내던져 버리고/나를 낳
고 길러준 저 하늘 저 산 저 나무/저 저녁노을의 품으로 다시

돌아"(「참 다행한 일」)왔다. 마을에 돌아온 그는 "흙처럼 사는 사람들, 지푸라기같이 여린 마음들", "배고프고 착한 사람들"(「마실 가는 길」)을 찾아 밤마실을 다녀오고, "잎의 시간과 꽃의 시간과 열매의 시간이/어떻게 서로를 밀고 가는지도 좀 알게 되고/무슨 수를 써서라도 끝내 저를 이루고 마는/저 질긴 풀들의 아름다운 의무를 배워가며" "산이 되고 나무가 되고 노을이 되어가"고 있다.(「참 다행한 일」) 마을로 돌아와 이웃과 정을 나누며 자연의 시간을 사는 것이 시인에게는 참 다행한 일이다. 마을의 일원이 되어 마을 살리기 대청소에 참여하고, 마을 사람들의 속사정을 알아가며 '시골의 맛'을 한층 더해 간다. 동네 절집인 구룡사에서 빈 소매 속에 천 개의 손을 숨기고 사는 이(「구룡사 천수관음」)의 삶을 다시 보고, 절기 소만의 모내기철 풍경과 물이 채워진 논 거울에 자신을 비추며 돌아보기도 한다. 서리꽃 핀 아침에 꼬부랑 허리로 마늘 놓는 할매의 오래고 시린 노동과, 입춘대길 당숙 제사로 왁자해진 당숙모네 댓돌 풍경과 살붙이들을 바라보는 애잔한 눈길들로 그득하다. 갓골의 유월 밤꽃은 온통 흰 파도로 일렁이며, 알싸한 향기는 멀리 떠났으면 하는 하얀 속울음으로 퍼지기도 한다. 동네에서 살아간다는 것은 이야기 공동체에 함께 속하는 것, 그 속에서 생의 다반사를 나누는 것이라는 점을 시편들은 정감 있게 전해준다.

흙이 그대로 바닥에 있으면 토양이지만 그 흙이 벽돌이

되고 지붕이 되면 든든한 울타리가 된다. 든든한 나무와 울타리 안에서 마을 사람들의 이야기꽃은 피어난다. 품앗이와 두레, 마을의 일이 나의 일이 되고, 같은 이야기를 공유하며, 사투리와 삶의 정서를 나누는 언어와 이야기의 결속력을 통해 마을공동체는 지속된다.

하나의 마을은 사람의 발길이 적층되면서 정체성과 고유성을 형성하게 된다. 시인이 살고 있는 갓골 입동리도 금강 유역에 자리 잡은 마을공동체로서 고유한 언어와 문화를 지니고 있다. 같은 물을 마시게 될 '이백 리'의 거리감에 대해 좋은 일인지 나쁜 일인지 모르겠는 마음은 고수와 변화라는 두 양상에 대한 심리적 유보라고 할 수 있다. 그만큼 지역성은 사람들의 발길이 새긴 무수한 흔적들과 이야기로 만들어진 심상지리라는 점을 알 수 있다.

> 내 할아버지들의 할아버지들의 할아버지들의 고향은
> 황해도 신천군 문화면, 구월산 자락 어디쯤이라는데
> 어려서, 네 성씨가 뭐냐 어른들께서 물으실 때마다
> '버들 류 자에, 본은 문화입니다' 똑똑히 대답하라고
> 할아버지는 수십 수백 번 손자 귀에 못을 박았었지
> (…)
> 문화가 대체 어디에 붙어 있대유 물어도 볼라치면
> 황해도 구월산 근처 워디라는디 나도 잘 모르것다

돌아온 답이란 게 싱겁고 답답해서 심통이 나곤 했지

(…)

대체 저 '문화'라는 곳이 어떤 땅이었는지 궁금했지
그런데 알고 보니 그곳은 바로 황해도 신천군 구월산
구월산은 아사달의 한자음, 아사달은 해가 뜨는 조선
단군 임금님 나라 세우고 도읍한 아름다운 땅이었지
왜놈에게 나라 빼앗겼을 때 아홉 호랑이 떨쳐 일어나
그 이름도 서늘한 구월산유격대 무장독립투쟁의 터전
그러나 자랑스러움은 잠시뿐, 나는 금세 어두워져버렸네
살육 명령 내릴 때마다 정성껏 주기도문을 외워댔다던,
맥아더와 그 졸개들에 의해 자행된 학살극의 무대였기에
피카소라는 이가 그렸다는 「한국에서의 학살」이 바로
삼만오천 무고한 인민을 죽인 '신천양민학살'이었기에
북으로 가는 길 다시 열리면 나 그곳에 먼저 달려가리
남의 땅으로 돌아가기 싫어 아껴둔 땅 백두산 가기 전
신천박물관 앞뜰 '사백어머니 묘'와 '백둘어린이 묘' 앞에
공주 금강 '살구쟁이 학살' 터에서 가지고 간 흙 한 줌
먼 먼 우리 할아버지들의 후손들 묻혔을 그 무덤 위에
눈물 한 줄기 섞어서 고맙고 슬프게 큰절 올려야 하리

— 「북쪽으로 가고 싶다」 부분

이 시는 특정 지역에 새겨진 투쟁과 상처의 역사적 흔적

에 대해 진심을 담아 전해준다. 시인은 자신의 성씨인 "류"의 근본을 잊지 말라고 할아버지대로부터 신신당부를 받았다. 구월산 근처 어디에 있는 문화에 얽힌 이야기는 아사달의 한자음을 빌고 단군이 도읍 세운 아름다운 땅의 내력담이다. 이곳은 일제강점기에는 구월산유격대의 무장독립투쟁의 터전이었다가 '신천양민학살'이 자행된 피의 땅이기도 하다. 고향에 가게 되면 시인은 공주 금강 '살구쟁이 학살' 터의 흙 한 줌을 가져가 무고하게 스러져간 '사백어머니'와 '백둘어린이'의 무덤에 참회의 절을 올리겠다고 한다. 황해도의 구월산과 공주 금강의 상흔은 같은 아픔으로 연결되어 있다. 지나간 상흔을 잊지 않고 호명하는 일은 위로와 치유의 한 방법이다. 상처들이 연결되어 있으며 눈물로 함께하는 공감과 연대의 중요성을 다시금 느끼게 한다.

시인은 마을이 인간의 생활과 문화로 구성되어 가는 물리적인 동시에 문화적인 공동체의 집약적 장소임을 힘주어 말한다. 근대적 시간은 도시를 확장해온 과정의 하나라고 본다면 마을공동체를 지속적으로 시화하는 것은 근대로부터 상실되고 소멸된 어떤 가치를 지켜내고 싶은 마음과 관련된다. 이는 나고 자란 고향의 시간을 살아내면서 체득한 감각의 소산이라고 할 수 있다.

단독자이면서 공동체로 살아가는 일은 지금 이곳에서 너무나 중요한 일이다. 단독자로만 존재하면 위태롭고 흔들리며, 공동체만을 추구하면 위험하고 억압적이 될 수 있다. 숲은 개별성을 지닌 나무들로 이루어지고 나무들은 숲을 통해 특이성을 드러낼 수 있듯이, 공동체 속의 개성 또한 서로를 깊이 이해할 때 확보될 수 있다. 지역 사람들은 언어와 이야기의 공통적 약속 속에서 불편하지 않으면서 그 안의 문화와 제도를 수용하면서 살아가는 것이 필요하다. 이러한 연대의 어깨걸이가 정서적 유대감을 이루어내며 지속할 수 있는 힘이다. '홀로이며 더불어'의 삶이 가능한 곳에 생명과 평화가 존재한다.

3. 노래, 더불어

지금 이곳에서 자신이 어떤 공동체에서 살아갈 것인지의 문제는 더욱 긴요해지고 있다. 그리하여 시인이 걷고자 하는 세 번째 길은 물길과 발길이 연대하는 생명길이다. 둘레밥상, 둥근 달, 둥근 마음, 둥그런 얼굴 등 시편들에서 자주 재현되는 '둥근' 이미지는 구부러지는 것의 변주이며, 착하고 순한 마음과 평화로운 연대를 지향하고 있다. 둥긂은 부드러운 속성이 있어 구부러지고 그로 해서 잔잔히 스며들 공간을 마련한다. 평화는 생명에게 있어 가장 중요하다. 또한 더불어 살아가는 공동체적 윤리의 바탕을 이룬다.

그런데 시인은 생명과 평화가 쉽게 주어지지 않는 것임

을 피의 역사, 고통의 시간을 통해 되새긴다. 그는 근현대사의 사건을 재현하면서 전쟁과 피의 역사는 생명을 위협하는 반윤리적 행위라는 점을 명확하게 제시한다. 신동엽 시인과 금강을 소환하는 것은 이런 맥락과 연관된다.

비단강, 아니다
비단폭처럼 나풀나풀 맥없이 흘러가는
백치같이 아름다운 강,
아니다

아니다
우금티 고갯마루 오르다
으깨지고 짓밟히다 허물어져버린
흐엉흐엉 동학년
서러운 피울음이다

아니다,
차라리 화살 같은 강이다
백성들의 뼈를 발라 곳간 채우던
썩어버린 궁궐의 대들보
우지끈 박살 내는, 에잇
무식해서 아름다운 반역의 횃불이다

아니다 아니다
무지렁이 흙가슴들의 땀방울과
똥오줌 같은 것들 서로 부둥켜안고
사람이 하늘인 세상 향해
둥둥 두둥둥 달려가는
우우, 곰 같은 함성이다

아니다
쇠항아리 철조망으로 뒤덮인,
허리 잘려 신음하는 조선 반도
화악 갈아엎고 다시
힘차게 일으켜 세우는
아아, 시퍼렇게 뜨거운 쟁깃날이다

—「다시, 금강에게」 전문

　류지남 시인이 웅숭깊게 바라보는 '금강'은 인간의 역사
와 사람살이의 내력을 오롯하게 담고 있다. 시인의 고향 공
주는 금강과 농토를 중심에 두고 살아가는 사람들의 합집합
의 장소이다. 금강을 노래한다는 것은 사람과 그가 속한 공
동체를 노래하는 것과 같다. 시인은 완만하고 유장하게 흘
러가는 금강에 갑오농민전쟁과 기미독립운동과 4·19를 실

어 민중을 노래한 신동엽의 「금강」에 "힘차게 일으켜 세우
는/아아, 시퍼렇게 뜨거운 쟁깃날" 같은 결의로 응답한다.
우금티 동학농민군의 서러운 피울음, 제주 4·3의 국가폭력
등 권력이 올바르지 못할 때 초래된 역사적 기억을 다시금
재현함으로써 평화의 가치를 노래한다. 또한 시인은 미래
세대가 "파리들 귀찮게 달려들 때마다/소는 오랜 재래식 무
기를 들어 올려//젊잖게 제 등짝을 한 번 툭 때릴 뿐/어디에
도 낭자한 죽음 같은 게 없"(「동거의 방식」)는 세상, "사람과
사람을 잇는 다리", "세상을 잇는 다리"(「길을 가다가, 웬 선문
답」)가 되는 길을 걸었으면 하는 소망도 품어본다.

　시인이 '마실'을 통해 오감으로 느끼는 절기의 순환과 자
연의 순리에 대한 형상화는 인간의 과도한 욕망과 폭력성을
소거하는 한 방식으로 다가온다. 평화를 알기 전에 평화는
있었고, 자유라는 말을 알기 이전에 자유 또한 있었다. 나무
가 드리운 그늘로 사람들이 모였고, 그늘 속에서 이야기가
나왔다. 우리의 삶은 시간과 공간이 어우러져야 풍성해진
다. 도도히 흐르는 강줄기와 적층의 이야기를 품고 있는 마
을공동체가 더불어 살아갈 때 평화로움이 깃든다. 변화하면
서 지켜가는 크고 작은 삶터들과 더불어 이루는 생명의 공
동체가 시인이 꿈꾸는 세계이다.

　'엄마가 섬 그늘에 굴 따러 가-면

아기는 혼자 남아 집-을 보-다가'
억척스런 울 엄마 밭일 나가면
누나는 나를 업고 자장가 불렀네

등에 업힌 막내둥이 잠이 들면
학교에 가지 못한 서러운 누나,
'해-당-화 피고지-는 섬마을'로
철새 따라 하염없이 날아갔다네

누나 등에서 누나 노래 먹고 자라
자나 깨나 엄마 대신 누나만 찾고
누나 없인 먹지도 자지도 않아
시집갈 때 따라가라 놀림 받았네

그 아이 자라나서 소년이 되자
누나는 남자 따라 서울로 가고
누나 등 없어도 울지 않던 아이
어느 날 바닷가 국어 선생 되었네

꽃처럼 곱던 누나 칠순 맞던 날
오래도록 가난했던 누나 등 안고
해당화 노래 부르며 목이 메이다

나는야 비로소 알게 되었네

왜 늘 바닷가 학교 선생 꿈꾸었는지
한 번도 배운 적이 없는 노래인데도
어째서 노랫말 줄줄 흘러나오는지,
주책없이 눈물은 자꾸 흐르는 건지

—「노래의 힘」 전문

누군가를 위해 부르는 노래의 힘은 크다. 아리고 환하다. 슬플 때도 기쁠 때도 노래를 부르는 것은 아름답다. "백만 송이 촛불들의 뜨거운 눈물과 함성"으로 "너를 감싸 안고 파도처럼 일렁이던 노래들"(「종이컵 혁명」)이 "순한 혁명"을 이루었다. 입동리와 널문리로 자유롭게 마실을 오가고, 판문점의 민들레 노래방에 놀러가 신명나게 노래를 부르는 장면은 상상만 해도 흐뭇하다. 체온으로 전해온 누나의 등은 나의 눈물이며 세상을 따듯하게 비추는 등燈이기도 할 것이다.

이런 마음들로 시집 『마실 가는 길』은 따뜻하다. 불꽃 잦아든 발간 숯의 미열 같고 시린 손과 몸을 맞춤하게 데워주는 아랫목 밥그릇 같은 온도를 품고 있다. 그 온도는 크게 소리를 내거나 과장하지 않는 솔직한 시선과 목소리에서 비롯된다. 농촌 시골의 마을 풍경과 자연의 순리에 따라 살아가는 이웃들의 이야기에 귀 기울이는 시인의 정겨운 모습이 떠오른다. 속도를 가늠할 수 없는 시대와 도시 중심으로 구성되는 사회 구조에서 소외된 농촌 지역을 시적 대상으로 삼은 것은 시인이 발 딛고 있는 현실과 사람에 대한 애정이 있어 가능하다. 평소 사람과 세상을 대하는 시인의 눈길이 그러하듯, 이는 다른 것들을 품고자 하는 마음과 태도에 근원적으로 닿아 있다.

류지남 시인은 강물이 흐르는 언저리[流域]에서 세월이 흐름에 따라 변하여 바뀌어온[流易] 자연과 인간 역사의 길을 진득하게 노래하고 있다. 인정과 연대의 마을공동체를 지속적으로 시화함으로써 생명과 평화의 세계로 나아가고자 한다. 시집 『마실 가는 길』의 미덕은 더불어 사는 것과 상생의 가치를 체험으로 들려준 데에 있다. 이촌향도 이후 파편화되고 분산화된 정서와 언어를 회복하기 위해 토착 언어와 이야기를 그러모으는 작업은 소중하다. 그 과정에서 『마실 가는 길』의 시선과 인식이 변화해가는 삶터를 더욱 입체적이고 다층적으로 그려내었으면 하는 점은 아쉬운 대목이다. 강물은 흘러야 강물답다. 유유히 흐르는 금강처럼 류지남 시인이 풍경과 이야기를 전하는 전달자의 거리에서 좀더 공동체의 현장과 밀착된 이야기와 삶을 밀도 높은 언어로 담아 새로운 지류를 만들며 흐르길 기대해본다. ✍

마실 가는 길

1판 1쇄 인쇄	2019년 10월 7일
1판 1쇄 발행	2019년 10월 18일
지은이	류지남
펴낸이	임양묵
펴낸곳	솔출판사
기획편집	신주식, 최찬미, 윤정빈
편집디자인	오주희
마케팅	박진슬, 임수빈
제작관리	송선심, 김정현
주소	서울시 마포구 와우산로29가길 80(서교동)
전화	02-332-1526
팩시밀리	02-332-1529
홈페이지	www.solbook.co.kr
이메일	solbook@solbook.co.kr
출판등록	1990년 9월 15일 제10-420호

ISBN   979-11-6020-092-8   03810

• 이 시집은 충남문화재단에서 출간비 일부를 지원받았습니다.
• 이 도서의 국립중앙도서관 출판예정도서목록(CIP)은 서지정보유통지원시스템
 홈페이지(http://seoji.nl.go.kr)와 국가자료종합목록 구축시스템(http://kolis-net.nl.go.kr)에서
 이용하실 수 있습니다. (CIP제어번호:CIP2019039209)
• 잘못된 책은 구입한 곳에서 바꿔드립니다.
• 책값은 뒤표지에 표시되어 있습니다.